DÉTECTIVE - CLUB

SOLUTIONS À LIRE DANS LE MIROIR

OEIL-DE-LYNX COLIN ET ANNIE ADAM

LE COUSIN PERDU ET RETROUVÉ

Texte : M. Masters
Illustrations : Stephen Cardot

Traduit de l'anglais par
Marie-Andrée Clermont

D0432854

EH **Héritage jeunesse**

Annie Adam   Oeil-de-lynx Colin

Deux jeunes détectives ou l'art de conjuger mystère et plaisir

Un reportage d'Alice Corriveau, collaboration spéciale

Deux nouveaux détectives veillent désormais sur Coteau-des-Bois : ce sont Annie Adam et Christophe Colin, alias Oeil-de-lynx, tous deux âgés de douze ans et en sixième année à l'école élémentaire locale.

Christophe Colin, le populaire détective aux yeux bleus et aux cheveux blonds mieux connu sous le sobri-

quet « Oeil-de-lynx », habite au 128, allée Bellevue. « C'est parce qu'il a la manie de tout remarquer que nous l'avons baptisé ainsi, explique son père, avocat du centre-ville. Il note tout dans les moindres détails. C'est d'ailleurs le secret de sa force, comme détective. » « Oui, ça, mais également sa grande habileté à manier le crayon, ajoute sa mère, qui est agent d'immeuble. Il dessine depuis sa plus tendre enfance et ses croquis

Voir DÉTECTIVES

DÉTECTIVES suite

reflètent fidèlement tout ce qu'il voit. Soit qu'il représente les lieux d'un crime, soit qu'il croque des indices, son talent remarquable aide à la solution du problème. »

Véritable dynamo aux cheveux roux et aux yeux verts pétillants de malice, Annie Adam habite en face au 131, allée Bellevue. Championne de l'équipe d'athlétisme, elle est aussi très forte en maths. « Vite sur ses patins, vive d'intelligence et prompte à la colère, nous la décrit le professeur Théo Boyer, sourire en coin. Une fille formidable, qui n'a jamais froid aux yeux. » Elle partage avec Oeil-de-lynx sa date de naissance et sa prédilection pour les mystères. Voici son conseil:

« Si un problème paraît insoluble, il suffit de l'analyser sous un angle différent. »

« Oui, ajoute Oeil-de-lynx en sortant de sa poche le bloc à dessins et le crayon qui ne le quittent jamais. Et quand nous ne pouvons pas désenchevêtrer le crime du premier coup, je fais un dessin des lieux. Nous étudions ensuite le croquis, et nous trouvons habituellement la solution. »

Quand les jeunes détectives ne sont pas en train de jouer au soccer (Oeil-de-lynx est le capitaine de l'équipe de sixième) ou à des jeux vidéo, ils se baladent à bicyclette à travers la ville, s'assurant que partout règne la justice. Avec l'aide occasionnelle de Lucie, la soeur d'Annie, et de la chienne d'Oeil-de-lynx, une

fringante retriever, les jeunes détectives ont réussi à résoudre toutes les énigmes qu'on leur a soumises jusqu'ici.

Et de quelle façon en sont-ils venus à exercer ce métier d'enquêteurs ?

Eh bien, tout a commencé l'an dernier lors d'une rencontre à l'école dans le cadre du cours de choix de carrière. C'est ce jour-là qu'ils ont rencontré le sergent Duflair, policier bien connu de Coteau-des-Bois. « Ils sont formidables tous les deux, avoue fièrement celui-ci. Nous venions à peine de nous connaître quand un professeur s'est fait voler toute une pile d'examens. Je ne parvenais pas à mettre la main sur le coupable mais il a suffi à Oeil-de-lynx de faire un de ses croquis pour qu'Annie et lui découvrent son identité tambour battant. Ces deux-là, on ne leur passe rien ! » Et il ajoute :

« Ils ont retrouvé un chien kidnappé, des jeux vidéo volés et réglé plusieurs affaires difficiles. »

« Je ne sais pas comment Coteaudes-Bois pouvait se passer de leurs services autrefois. Ils ont déjà retrouvé un chien kidnappé, deux jeux vidéo volés et réglé plusieurs autres affaires difficiles. Moi-même, dès qu'un cas compliqué se présente, je n'hésite pas à faire appel à ces deux détectives hors pair. »

Ami lecteur, amie lectrice,

As-tu envie de résoudre ces énigmes avec nous? Eh bien, lis d'abord chaque histoire avec beaucoup d'attention; observe le comportement des personnages; note bien leur version des faits; remarque également tous les petits détails susceptibles de te mettre sur la piste, l'heure, par exemple, ou le temps qu'il fait.

Scrute ensuite minutieusement l'illustration qui fait partie de l'histoire. Avec les indices que tu y repéreras (surtout si tu as les faits bien en tête), tu devrais pouvoir trouver la solution.

Pour vérifier si tu as raison, ou si un cas particulièrement difficile te mystifie, saute à la section des solutions, à la fin du livre. Comme tu l'as sans doute remarqué, celles-ci sont écrites en caractères-miroir. Pour les déchiffrer, place-toi devant une glace. Si tu n'as pas de miroir, tu peux les lire sur le verso, en tenant les pages à la lumière. (Ou encore, fais comme nous, apprends à lire à reculons. Nous sommes devenus pas mal habiles dans cet art et cela nous rend parfois de fiers services dans les cas qu'on nous présente.)

Nous te souhaitons autant de plaisir que nous en avons eu nous-mêmes dans la solution de ces problèmes!

Œil-de-lynx et Annie

Le cousin
perdu
et retrouvé

Rassemblés autour de la table de la salle à manger, les Colin sont en train de souper.

— Dis donc, papa, demande Oeil-de-lynx en entamant résolument la montagne de spaghetti qui se dresse dans son assiette, qu'est-ce qui est donc arrivé aux trois cheveux gris qui te poussaient au-dessus de l'oreille ?

Se râclant la gorge de confusion, monsieur Colin se hâte de changer le sujet :

— Dis donc, toi-même, Oeil-de-lynx, tu dois avoir pas mal de devoirs à faire, ce soir, n'est-ce pas ?

Tout en enroulant avec aisance les longues nouilles sur son ustensile, Oeil-de-lynx insiste :

— Mais, papa, je me rappelle les avoir vus pas plus tard qu'hier, trois petits poils gris.

Madame Colin jette un regard étonné à son mari :

— Quoi ! Tu ne les as pas... Mais oui ! Tu les as épilés, n'est-ce pas ? conclut-elle en éclatant de rire.

— Bon, bon, j'avoue ! admet monsieur Colin dont le visage vire au rouge. Je les ai bel et bien arrachés, ajoute-t-il en souriant à son fils. Mais pourquoi faut-il toujours que tu sois aussi perspicace, Oeil-de-lynx ?

— J'en ai aucune idée ! répond Oeil-de-lynx en haussant les épaules. C'est plus fort que moi !

En un tournemain, il réussit à produire au bout de sa fourchette une spirale parfaite. C'est cette même coordination superbe de tous ses mouvements qui en fait le champion incontesté de son école en jeux vidéo. Toutefois, au moment de porter les nouilles à sa bouche, il s'arrête net, frappé par une idée formidable :

— Wow ! s'écrie-t-il en se penchant vers ses parents. Un jeu vidéo de spaghetti et de boulettes de viande ! Voilà qui serait curieux.

— J'imagine, en effet, acquiesce son père. Mais pour en revenir à tes devoirs, il va falloir que tu donnes un gros coup après souper si tu veux pouvoir regarder la finale de la Coupe du monde de soccer à la télé demain soir.

— Sans oublier ta leçon de piano, demain également, ajoute sa mère. Tu devrais réellement pratiquer, tu sais. Tu joues merveilleusement quand tu y mets le temps.

— Mais... proteste Oeil-de-lynx en interrompant momentanément la fabrication des spirales.

Drrring ! On sonne à la porte. Sous la table, la chienne d'Oeil-de-lynx (une belle retriever blonde) sursaute si fort qu'elle se cogne la tête. Jappant avec véhémence, elle bondit vers l'entrée, tout excitée.

— J'y vais, annonce Oeil-de-lynx, heureux de cette diversion. Du calme, La Fouine.

S'essuyant la bouche du revers de la main pour faire disparaître toute trace de nourriture, il court derrière sa chienne et entrouvre la porte. Debout sur le seuil, un homme attend, serviette à la main. Il a environ le même âge que monsieur et madame Colin. La Fouine l'accueille d'un frétillement de queue qui rappelle un essuie-glace hors de contrôle.

— Bonsoir, dit Oeil-de-lynx, que puis-je faire pour vous ?

« Un politicien faisant du porte à porte ? » se demande le jeune garçon.

Un grand sourire plein d'espoir illumine le visage de l'inconnu.

— Je suis bien chez les Colin, n'est-ce pas ?

— Mais oui, confirme Oeil-de-lynx.

« Un vendeur, plutôt », conclut-il pour lui-même.

— Tu dois donc être Christophe ! reprend l'étranger qui s'avance d'un pas pour serrer dans sa poigne solide la main du jeune garçon.

Il lui donne même l'accolade, et Oeil-de-lynx se raidit sous le geste.

— Qui est-ce ? appelle son père depuis la salle à manger.

— Je sais pas, papa, répond Oeil-de-lynx en se dégageant de l'étreinte. Viens donc voir.

Agrippant la chienne par le collier pour l'empêcher de flairer la serviette du visiteur, il lui ordonne :

— Suffit, La Fouine, reviens dans la maison.

Celle-ci s'exécute en trottinant.

— Que puis-je faire pour vous ? s'enquiert à son tour monsieur Colin en arrivant à la porte avec sa femme.

— Ohhh ! Quel bonheur ! s'exclame l'inconnu d'une voix forte.

S'avançant encore d'un pas, il tend la main à monsieur et à madame Colin.

— C'est moi, Dan, annonce-t-il d'une voix réjouie. Quelle bonheur de vous rencontrer enfin ! Oh, ma cousine ! ajoute-t-il en serrant dans les siennes la main de madame Colin.

Abasourdie, à peine capable de prononcer une parole, celle-ci balbutie :

— Cou... cousine ?

— Oui. Je suis le fils d'Élizabeth, la soeur de Virginie, ta mère. Mes parents se sont enfuis pour se marier; ils sont ensuite allés s'établir en Alaska. Il y a belle lurette que nous voulions venir vous voir, sans jamais en avoir eu les moyens jusqu'ici. Mais, enfin, me voici tout de même !

Bouleversée, madame Colin met quelques secondes à retrouver ses moyens.

— Eh bien... mais entre donc ! dit-elle enfin en ouvrant la porte toute grande.

Le souper se poursuit donc à quatre, Dan se voyant servir une copieuse assiettée de spaghetti.

— Quelle histoire, quand même ! commente Oeil-de-lynx. Un cousin perdu qui nous revient comme ça sans crier gare. Incroyable, n'est-ce pas, maman ?

Encore un peu troublée, madame Colin prend son temps pour répondre :

— Oui, dit-elle, ma mère aimait à nous raconter l'histoire de sa soeur, sa seule soeur, partie vivre en Alaska. Maman l'appelait « la pionnière » parce qu'elle et son mari vivaient de façon rudimentaire dans la grande nature sauvage de cette région nordique. Si je me rappelle bien, ils n'avaient ni téléphone, ni électricité. Maman recevait toujours une lettre à Noël, cependant.

— C'est vrai. D'ailleurs, nous aussi, nous entendions parler de vous autres et de Christophe, ici présent.

— Appelez-moi donc Oeil-de-lynx comme tout le monde, dit le garçon, poliment.

— Je vais te chercher de la salade, annonce madame Colin à Dan en se dirigeant vers la cuisine. Excuse-moi un moment.

— Et alors, demande Oeil-de-lynx en tirant sur l'encolure de son gilet rouge, qu'est-ce que vous avez appris à notre sujet pendant votre enfance ?

— Des tas de choses ! répond Dan en mangeant goulûment. Ma mère passait son temps à raconter à quel point sa soeur aînée, Virginie, prenait bien soin d'elle !

Non sans difficulté, Dan enroule gauchement quelques nouilles autour de sa fourchette; il se hâte ensuite de les porter à sa bouche de peur qu'elles ne retombent avant d'arriver à destination.

— Un jour que ta grand-mère en avait assez de promener ma mère en poussette, continue-t-il ensuite, elle eut l'idée de la faire tirer par son chien. Mais voilà que celui-ci aperçoit un chat tout à coup ! Sans faire ni une ni deux, il part en flèche, entraînant la poussette. On ne réussit à l'attraper que trois rues plus loin. Heureusement, Élizabeth ne s'était pas fait mal !

Oeil-de-lynx éclate de rire :

— C'est drôle, mon amie Annie — qui habite juste en face — eh bien, elle a fait la même chose avec sa petite soeur Lucie. Dites-moi, quand êtes-vous arrivé à l'aéroport ?

— Ce soir même ! J'ai bien essayé de vous appeler, mais c'était occupé, alors j'ai loué une voiture et j'ai pris la chance de venir.

— Et qu'est-ce qui t'amène en ville ? veut savoir monsieur Colin.

— Les affaires. J'ai obtenu un tuyau pour des investissements très prometteurs.

Sur ces entrefaites, madame Colin revient, bol de salade en mains.

— T'es-tu trouvé un endroit où rester ? demande-t-elle au cousin.

— J'ai réservé une chambre dans un hôtel du centre-ville. J'espère toutefois avoir le plaisir de vous revoir.

— Moi aussi, dit madame Colin. Tiens, pourquoi ne viendrais-tu pas souper demain soir ?

— J'accepte ! Sans doute pourrai-je alors vous en dire davantage sur les investissements dont je parlais tantôt. Mais en attendant, j'ai un cadeau pour toi, jeune homme.

Se penchant, Dan ouvre sa serviette. Une tablette de chocolat s'en échappe. Alléchée par l'odeur, La Fouine s'amène en courant, queue battante et truffe frémissante. Le cousin lui donne le bonbon et sort un livre.

— Tiens, Oeil-de-lynx, c'est pour toi : un bouquin de magie contenant tout plein de trucs. Je t'en apprendrai quelques-uns demain.

— Formidable ! s'écrie Oeil-de-lynx qui s'empresse de tourner les pages.

— Eh bien, ce fut une soirée des plus intéressantes, commence monsieur Colin, mais il se fait tard et je connais quelqu'un ici qui a des devoirs à faire. Oeil-de-lynx, je vais m'occuper du lave-vaisselle à ta place, mais va vite te mettre au travail si tu veux pouvoir réaliser tout ton programme de demain soir : passer un peu de temps avec Dan, regarder la partie de soccer et apprendre à faire de la magie.

— Je vois ton point de vue, papa, admet Oeil-de-lynx en se levant, soulagé d'avoir tout de même échappé à sa pratique de piano. Et, à demain, Dan.

Sans avoir le moindrement la tête à ses devoirs, Oeil-de-lynx se dirige néanmoins vers sa chambre.

« Quand même ! songe-t-il, un cousin perdu et retrouvé qui nous tombe du ciel à propos de rien. Bizarre, y a pas à dire ! »

Une fois assis à son pupitre, il troque à regret le livre de magie contre son manuel de mathématiques en vue de l'examen du lendemain.

Une heure plus tard, son père se passe la tête dans l'encadrement de la porte :

— Et alors, comment ça va l'étude ?

— Pas pire, je suppose ! bâille Oeil-de-lynx.

Entrant dans la chambre, monsieur Colin vient embrasser son fils.

— Il se fait tard. C'est l'heure de te coucher. Et n'oublie pas tes dents. 'Soir, fiston.

— 'Soir, papa. Vas-tu regarder la partie avec moi demain soir ?

— Tout dépendra de Dan.

Madame Colin vient à son tour embrasser son garçon :

— 'Soir, mon chou. 'Soir, La Fouine.

— 'Soir, maman.

7

— Papa et moi, nous allons nous coucher, dit-elle. C'est l'heure d'éteindre toi aussi. Et illico.

— Tout de suite, maman, promet Oeil-de-lynx en retirant ses chaussettes. Le temps de me brosser les dents.

Oeil-de-lynx enfile son pyjama et se couche. Après une caresse à La Fouine, déjà roulée en boule à côté du lit, il éteint sa lumière. Mais cette histoire de cousin perdu et retrouvé lui trotte dans la tête. Et plus il y pense, plus elle lui paraît insolite.

Pendant près d'une heure, Oeil-de-lynx se tourne de tout bord tout côté sans trouver le sommeil. Il se rappelle tout à coup une vieille photographie que sa grand-mère lui a donnée un jour. Sautant à bas du lit, il saisit sa lampe de poche et réveille sa chienne.

— Je te retire tout d'abord ton collier, pour éviter qu'il nous mette dans le pétrin comme la dernière fois que nous nous sommes levés en cachette, lui chuchote-t-il à l'oreille. Comme ça, on fera pas de bruit ! Allez, viens.

« Je suis pas mal certain d'avoir rangé ce cliché dans la bibliothèque », se dit Oeil-de-lynx, bien déterminé à le retrouver.

Quelques secondes plus tard, lampe de poche en mains, La Fouine sur les talons, Oeil-de-lynx s'engage dans le couloir à pas feutrés. Il fige sur place devant la porte de ses parents en entendant tousser son père. Le danger passé, il poursuit sa route jusqu'au salon, plongé dans l'obscurité, qu'il traverse sans bruit sur toute sa longueur pour atteindre la bibliothèque.

Quelques minutes lui suffisent pour mettre la main sur l'objet de ses recherches. Une à une, il

GRAND MAMAN, BÉBÉ, DANS
LES BRAS DE SA MÈRE

À la lueur de sa lampe de poche, Oeil-de-lynx étudie la photo.

tourne les pages du grand album de photographies jusqu'à ce qu'il tombe sur un vieux portrait sépia de la famille de sa grand-mère.

À la lueur de sa lampe de poche, il l'étudie avec attention. En lisant la légende écrite par sa mère sous la photo, Oeil-de-lynx sursaute :

— Je savais bien, aussi, que quelque chose clochait dans cette histoire. Voici la preuve que le cousin Dan est un imposteur !

OEIL-DE-LYNX REMARQUE SUR LA PHOTO UN DÉTAIL QUI PROUVE HORS DE TOUT DOUTE L'IMPOSTURE DU « COUSIN DAN ». QUOI, AU JUSTE ?

L'affaire
des diamants
disparus

— C'est toi, Oeil-de-lynx ?

Le jeune détective ne s'y trompe pas : une certaine urgence perce dans la voix du sergent Duflair au bout du fil.

— Un vol de bijoux vient tout juste d'être commis au Manoir de Pluquebeurre et j'ai besoin d'un croquis des lieux. Penses-tu que vous pourriez venir tout de suite, Annie et toi ?

— Pas de problème, sergent.

Ce n'est pas la première fois que le sergent Duflair fait ainsi appel à Oeil-de-lynx et à sa copine, Annie Adam, pour l'aider dans ses enquêtes. Leur rencontre remonte à la journée qu'il a passée à l'école élémentaire de Coteau-des-Bois dans le cadre du

11

cours de choix de carrière; depuis, les deux jeunes ont aidé le sergent dans maintes affaires. Oeil-de-lynx possède un oeil photographique et un talent inouï pour le croquis de précision, et Annie, une présence d'esprit à toute épreuve. Ces qualités font des deux collègues un duo de détectives hors pair.

— Parfait. Je savais que je pouvais compter sur vous. Mais n'oubliez pas d'obtenir d'abord le feu vert de vos parents, ajoute le sergent, déjà plus détendu. Je suis déjà sur place, et madame de Pluquebeurre envoie immédiatement son chauffeur vous chercher.

— Sans blague ! Mais c'est super !

Madame de Pluquebeurre, grande dame à la fortune légendaire, habite un immense manoir construit par son grand-père, un magnat de l'industrie du sciage, sur le sommet d'un coteau qui domine la ville. Elle partage son temps entre deux passions : ses voyages aux quatre coins du monde, et ses libéralités envers la population de Coteau-des-Bois.

Oeil-de-lynx raccroche et court à sa fenêtre. Allumant sa lampe de poche, il la fait clignoter trois fois dans l'obscurité de la nuit enneigée. Une seconde plus tard, trois clignotements rapides annoncent l'arrivée imminente d'Annie, qui a dû interrompre ses devoirs pour répondre à l'appel.

Comme de fait, à peine Oeil-de-lynx a-t-il eu le temps de demander à ses parents la permission de sortir que sa jeune amie se présente à la porte, secouant la neige de ses belles bottes bleues. Elle porte un parka dont la couleur rousse s'apparente à celle de sa chevelure.

— Eh bien, que se passe-t-il ? demande-t-elle en entrant.

12

— Un vol au manoir de Pluquebeurre !

En quelques mots, Oeil-de-lynx met Annie au courant de la situation. Un quart d'heure plus tard, assis sur la banquette arrière de la limousine ivoire de madame de Pluquebeurre, les deux jeunes détectives roulent vers le manoir. Dans sa cabine vitrée, le chauffeur conduit en silence.

— Quel luxe ! s'écrie Oeil-de-lynx en admirant les boiseries à l'intérieur du véhicule.

Annie se lève et s'approche du téléviseur.

— Quelle voiture immense ! dit-elle. Avec télé couleur par-dessus le marché !

La limousine franchit bientôt la grille de fer forgé et s'engage sur le chemin en lacet qui grimpe sur la colline. Les lumières du manoir de Pluquebeurre apparaissent au détour, rutilantes dans la nuit d'hiver.

— As-tu vu la maison ! s'extasie Oeil-de-lynx. Il doit bien y avoir cinquante pièces, là-dedans !

— Mets-en ! dit Annie, les yeux ronds comme des billes. Soixante-quinze, au moins !

C'est madame de Pluquebeurre elle-même qui vient leur ouvrir la lourde porte sculptée de la façade.

— Comme c'est gentil à vous d'être venus, dit-elle à ses visiteurs en se présentant. Et voici mon chien Précieux, ajoute-t-elle en désignant un grand Danois noir et blanc. Mais entrez, voyons, ne restez pas dehors par ce froid.

Grande et mince, madame de Pluquebeurre porte une élégante tunique de coupe exotique qui tombe en traîne légère dans son dos.

Le sergent Duflair entre dans le vestibule pendant qu'Oeil-de-lynx s'affaire à désembuer ses lunettes. Annie va droit au but :

— Et alors, sergent, des suspects ? demande-t-elle.

— Ouais, dites-nous donc ce qui est arrivé, ajoute Oeil-de-lynx.

— Pas si vite, les jeunes, répond le sergent en griffonnant sur son calepin. J'ai à peine eu le temps d'inspecter les lieux du crime. Madame de Pluquebeurre allait justement me donner un compte rendu des événements.

— Une affaire bien pénible ! commence celle-ci en tortillant son magnifique collier de perles des Antilles. Je donnais une petite réception pour de vieux copains, et juste avant dîner, quelqu'un a forcé le coffre-fort de la bibliothèque pour voler les bijoux de famille.

— Combien de convives à ce repas ? demande le sergent, sans cesser de prendre des notes.

— Six. Il y a quelques années, nous avons nolisé tous ensemble un bateau de croisière pour une expédition dans les îles tropicales; depuis, nous nous rencontrons encore à l'occasion.

— Quand êtes-vous allée dans la bibliothèque pour la dernière fois avant le vol ? veut savoir Oeil-de-lynx.

— Et quand avez-vous constaté la disparition des bijoux ? ajoute Annie.

Madame de Pluquebeurre fronce un peu les sourcils pour mieux se concentrer.

— Eh bien, je suis allée porter des diamants et des rubis dans le coffre-fort juste avant l'arrivée de mes invités. Rien ne manquait à ce moment-là. Nous sommes ensuite passés au salon où nous avons bavardé en attendant le dîner. Puis, quelques minutes avant l'heure du repas, je suis retournée dans la bibliothèque pour chercher la carte de notre expédition. C'est à ce moment-là que j'ai constaté que quelqu'un avait forcé le coffre-fort et dérobé les bijoux.

— Voyons voir, dit Oeil-de-lynx d'un air pensif, l'un ou l'autre de vos convives a-t-il quitté le salon ?

— Mais non, je suis certaine que personne n'est sorti, affirme madame de Pluquebeurre en hochant la tête. Et aucun de mes invités n'aurait volé mes bijoux, si c'est ce que tu insinues. D'ailleurs, ils n'ont nul besoin de diamants.

— Qui d'autre réside au manoir ? questionne Annie.

— Deux de mes neveux, Didier et Nicolas, séjournent ici pour quelque temps. Ils écoutaient des disques dans le studio de musique en début de soirée, puis Nicolas est allé dans la salle de billard où il est demeuré tout le temps. Quant à Didier, il est resté dans le studio pour pratiquer son violon.

Oeil-de-lynx hésite légèrement avant de formuler sa prochaine question :

— Serait-ce possible que l'un ou l'autre ait pu comm...

— Grands dieux, non ! coupe madame de Pluquebeurre. Écoutez, poursuit-elle sur le ton de la confidence, je n'éprouve de grande prédilection ni pour l'un ni pour l'autre et ils ne s'entendent pas très bien entre eux, mais de là à croire qu'ils aient pu commettre ce vol ! Impossible ! D'abord, Didier a pratiqué son violon toute la soirée durant — je l'entendais. Et ensuite, il faut passer par la salle à manger pour aller dans la bibliothèque, et quelqu'un les aurait vus.

— Mais qui les aurait vus ? insiste Annie en se grattant la tête.

— Yves, mon majordome. Il n'aurait pas pu les manquer, il n'a pas quitté la salle à manger.

Madame de Pluquebeurre se porte soudain la main à la poitrine :

— Oh, mon Dieu ! s'affole-t-elle, j'espère que ce n'est pas *lui* le coupable ! Les bons majordomes ne courent pas les rues, vous savez !

Mais elle secoue la tête, rassurée :

— Non, impossible ! La bonne qui l'aidait à dresser la table est restée avec lui dans la salle à manger tout le temps.

— À mon avis, le voleur est venu de l'extérieur, déclare le sergent Duflair. J'ai trouvé une fenêtre ouverte dans la bibliothèque. Quelqu'un aurait donc pu s'introduire par là, forcer le coffre-fort et ressortir par le même chemin. Je vais faire une petite vérification. Je trouverai peut-être des empreintes dans la neige.

— Je vous accompagne, annonce Oeil-de-lynx en sortant son bloc à dessins.

— Allez-y tous les deux, dit Annie; moi, je vais jeter un coup d'oeil dans les pièces.

Oeil-de-lynx et le sergent trouvent bientôt ce qu'ils cherchent : dans la neige, deux séries d'empreintes de pas vont de la salle de billard à la bibliothèque, d'abord dans un sens, puis dans le sens contraire.

— Ces pistes n'augurent rien de bon pour Nicolas, commente Oeil-de-lynx. Il était seul dans la salle de billard.

Après avoir inspecté quelques autres éléments d'intérêt, Oeil-de-lynx, d'un coup de crayon rapide, mais précis, s'affaire à dessiner les empreintes, ne s'arrêtant qu'une fois certain de les avoir croquées

SERRE

SALLE DE BILLARD

CUISINE

BIBLIOTHÈQUE

COFFRE-FORT

SALLE A MANGER

STUDIO DE MUSIQUE

PORCHE

Ces empreintes révèlent clairement l'identité du coupable.

fidèlement. Il rentre alors dans le manoir dont il trace un plan du rez-de-chaussée.

— Tout à fait réussi, Oeil-de-lynx, commente madame de Pluquebeurre en voyant le croquis. Me serait-il possible de le conserver, une fois l'enquête terminée, en souvenir de cette soirée ?

— Mais bien sûr, répond Oeil-de-lynx dont le visage prend la teinte de la chevelure d'Annie.

Pendant que le sergent Duflair interroge les invités de madame de Pluquebeurre au salon, les deux jeunes détectives, assis dans le studio de musique, scrutent le croquis.

— Eh bien, nous pouvons éliminer le majordome de la liste des suspects, conclut Annie en désignant les traces de pas sous la fenêtre de la bibliothèque.

Soudain, elle claque des doigts :

— Je l'ai ! s'écrie-t-elle en donnant un coup de coude à Oeil-de-lynx. Ces empreintes révèlent clairement l'identité du coupable !

QUI DONC A DÉROBÉ LES DIAMANTS DE MADAME DE PLUQUEBEURRE ?

Le mystère du guide d'orthographe

Assis dans un coin de la bibliothèque de l'école, Oeil-de-lynx lit avec intérêt un guide pratique sur l'art de gagner aux jeux vidéo quand une tape sur l'épaule le fait sursauter.

— Psst, Oeil-de-lynx, lui chuchote Ronald, un copain de l'équipe de soccer, aurais-tu une piastre à me prêter jusqu'à demain ?

Une piastre, c'est quatre pièces de vingt-cinq cents, soit quatre essais au jeu vidéo préféré d'Oeil-de-lynx, celui des robots farfelus.

Le jeune détective sort de sa poche de jean un billet d'un dollar tout froissé et le montre à Ronald.

— C'est tout ce que j'ai, mon vieux, et je me proposais d'aller jouer quelques parties à l'Arcade tout à l'heure.

— Mais il faut que je trouve une piastre, plaide Ronald. Écoute, t'es déjà champion à tous les jeux vidéo. Prends donc congé aujourd'hui et prête-moi ta piastre. J'en ai un besoin pressant. J'ai un examen

Chers élèves,

Je sais que vous avez un examen d'ortographe très important à passer prochainement. Pour vous aider à le réussir, j'ai mis au point un guide particulièrement utile.

Il vous sufit d'envoyer deux DOLLARS a mon adresse et vous le recovrez par retour du courier

Sincèrement
Le profeseur
François

Saisissant le papier, Oeil-de-lynx le parcourt rapidement...

d'orthographe très important à passer la semaine prochaine. Si je le coule, c'est toute ma session qui prend le bord !

Entraînant Oeil-de-lynx derrière une étagère d'encyclopédie, Ronald tire une feuille de papier d'un de ses manuels.

— C'est un chauve à lunettes qui distribuait ça ce matin devant l'école, explique-t-il à mi-voix; c'est une annonce pour un guide d'orthographe qu'il me faut absolument.

Brandissant la feuille sous le nez d'Oeil-de-lynx, il ajoute :

— Regarde ce qui est écrit au verso : le professeur François — c'est le nom du bonhomme — est docteur en grammaire; ça me prend l'argent tout de suite si je veux recevoir le guide à temps pour l'étudier avant l'examen.

Saisissant le papier, Oeil-de-lynx le parcourt rapidement, puis il fronce les sourcils.

— Oublie ça, dit-il à Ronald en le lui rendant. Mais je suis d'accord avec toi : tu fais mieux de te mettre à l'étude tout de suite ! Tu passeras jamais ton examen autrement !

QU'EST-CE QU'OEIL-DE-LYNX VEUT INSI-
NUER PAR CES PAROLES ?

Pour un bouquet de marguerites

Par une journée de grand vent, Oeil-de-lynx et Annie roulent à bicyclette vers l'Arcade-vidéo. À la hauteur du parc de Pluquebeurre, ils entendent soudain des cris de colère. D'un coup de frein rapide, les deux détectives immobilisent leurs vélos.

— Du grabuge ! s'exclame Oeil-de-lynx.

— Avec un R majuscule, ajoute Annie. Comme dans Rochette.

Comme de fait, voilà madame Rochette qui gesticule dans son jardin en abîmant de bêtises une jeune fille blonde qu'elle a poussée dans un coin à l'aide de son balai.

Réputée la personne la plus méchante de Coteau-des-Bois, madame Rochette se promène toujours balai en mains et si chiens, chats ou marmots ont le malheur de s'aventurer sur sa propriété, elle les pourchasse sans pitié, brandissant son arme de sorcière en hurlant de colère.

En trois coups de pédale, Oeil-de-lynx et Annie arrivent sur les lieux pour voir de quoi il retourne.

— Oui, c'est vrai ! vocifère la mégère.

— Non, c'est pas vrai ! rétorque la fille.

— C'est vrai, bon !

— C'est pas vrai, que je vous dis !

— Hé ! interrompt Oeil-de-lynx. À quoi rime ce chamaillage ?

Se tournant vers les deux détectives, madame Rochette se passe la main sur le front pour en dégager les mèches :

— Pas de vos affaires ! rugit-elle. Et qu'est-ce que vous faites chez moi tous les deux ?

— Nous avons entendu vos cris, commence Oeil-de-lynx.

— Ouais, continue Annie en laissant tomber son vélo, et nous sommes venus voir si quelqu'un avait besoin d'aide.

— Moi... balbutie la jeune fille d'une voix tremblante; moi, j'ai besoin d'aide.

— Non, ma fille ! glapit madame Rochette en se retournant vers sa victime qu'elle menace du manche de son balai. T'as besoin de dire la vérité, c'est tout. T'as besoin d'avouer que t'étais en train de voler des marguerites dans mon jardin.

— C'est pas vrai !

— Oui, c'est vrai !

La jeune fille roule de grands yeux innocents vers Oeil-de-lynx et Annie.

— Je vous jure que c'est faux, affirme-t-elle. J'étais assise dans le parc sur ce banc là-bas. J'étais en train de lire de la poésie quand un coup de vent violent a emporté mes papiers. J'ai couru après, mais ils ont revolé de l'autre côté de la rue pour venir atterrir dans la plate-bande de madame Rochette.

— Tu me feras pas croire à ces sornettes ! persifle madame Rochette, visage en rogne.

— Voyez par vous-même, dit la jeune fille en brandissant un paquet de feuilles. Voici mes papiers.

— Et ce que tu as dans l'autre main, c'est un poisson rouge, je suppose ? gouaille l'autre en souriant malgré elle de son sarcasme.

— Non, madame Rochette, ce sont des fleurs. Vos fleurs, précise la jeune fille en montrant le bouquet de marguerites qu'elle tient effectivement à la main. Je suis désolée, mais je les ai arrachées par mégarde en ramassant mes papiers. J'allais d'ailleurs vous les apporter.

— C'est pas vrai !

— Oui, c'est vrai !

Et ça recommence de plus belle ! Persuadée de la culpabilité de la fille, la mémère reprend ses clabauderies en les scandant de son balai, tandis que sa victime continue de plaider son innocence.

— C'est que ça risque de durer toute la journée ! confie Annie à son collègue dans un clin d'oeil. Je me demande laquelle des deux dit la vérité.

— Je m'en doute, dit le garçon.

Sortant son bloc à dessins et son crayon, Oeil-de-lynx esquisse un croquis du parc et de la propriété de madame Rochette.

— J'avais raison, chuchote-t-il à Annie en lui tendant le dessin terminé. Mais que faire, maintenant ?

— Aucune idée ! glousse-t-elle. Et j'ai bien peur

Madame Rochette gesticule dans son jardin en abîmant de bêtises une jeune fille blonde.

que nous n'ayons pas grand-chance de pouvoir leur expliquer.

QUI DONNE LA VRAIE VERSION DES FAITS, MADAME ROCHETTE OU LA JEUNE FILLE ?

Le chèque sans provision

Avec l'argent de la récompense offerte par madame de Pluquebeurre, Oeil-de-lynx et Annie se payent une traite de burgers et de frites dans un des plus vieux restaurants de la ville, La Boufferie. Rénové depuis peu, l'établissement attire maintenant une clientèle mixte, composée d'habitués de longue date et de nouveaux venus.

La Boufferie est pleine à craquer et les vitrines s'embuent de cette foule de clients qui semblent s'être donné le mot pour parler le plus fort possible. Assis à une table, les jeunes détectives regardent autour d'eux avec intérêt.

— À ce que je vois, les affaires vont bien dans ce case-croûte ! commente Annie qui a l'eau à la bouche à la seule pensée du repas qu'elle a commandé. J'espère que nous n'attendrons pas trop longtemps ! Je voudrais une tonne de frites avec tout plein de ketchup. Miam, que j'adore les frites !

Oeil-de-lynx cesse un instant de manipuler salière et poivrière.

— Toi et tes adorations ! s'écrie-t-il. Tu aimes tout !

— C'est pas vrai, proteste-t-elle. Par exemple, ajoute-t-elle après une seconde de réflexion, j'aime pas qu'on gratte le tableau noir avec ses ongles, j'ai horreur des manettes de jeu vidéo qui collent... et... et... ah ! oui, je déteste le brocoli, et aussi le pepperoni que tu commandes toujours sur ta demi-pizza.

— Miam, du bon pepperoni ! s'écrie Oeil-de-lynx, qui se lèche les babines à cette évocation. Une chose surtout que j'adore...

Il s'interrompt, alerté par une violente discussion à la table juste derrière lui. Une cliente à l'air profondément contrarié s'en prend à la serveuse.

— Qu'est-ce que ça veut dire ? tonitrue-t-elle en faisant claquer son chéquier, on n'accepte pas mon chèque si je ne montre pas de pièces d'identité ?

Plutôt rondelette, la femme porte une jaquette en faux léopard; retouchant du bout des doigts la chevelure bleue en monticule sur sa tête, elle poursuit d'un ton indigné :

— Jeune fille, vous venez de m'offenser profondément.

— Désolée, madame, s'excuse la serveuse dont le teint devient couleur ketchup, mais ce sont les ordres de la direction. Vous n'auriez pas un permis de conduire ou quelque chose ?

La femme réussit à monter encore le volume de sa voix stridente pour mieux se faire entendre aux quatre coins du restaurant :

— C'est à mon chauffeur d'avoir un permis de conduire, pas à moi. Et mon chèque est bon, je vous l'assure. Et avec tout ça, ma chère, je suis en retard pour mon rendez-vous chez Jean, minaude-t-elle en se tournant vers son amie assise à ses côtés. N'est-ce pas, Mina ?

— Absolument, Barbie. Nous devons nous sauver.

Oeil-de-lynx se penche vers Annie :

— Dire qu'il y a des gens qui se plaignent de la conduite des *enfants* dans les restaurants ! Avant que je fasse confiance à une virago comme elle, les poules auront des dents.

— Je me méfierai d'elle même quand elles en auront, rétorque Annie. Je comprends pas comment elle a pu entrer ici.

— Je vous laisserais bien parler au gérant, madame, reprend la serveuse, mais il est sorti. Peut-être l'une de vos amies présentes aurait-elle une pièce d'identité...

— Quoi ! explose la cliente, mais vous dépassez les bornes ! Ce sont mes invitées. Je vous donne mon chèque personnel et vous osez importuner mes amies !

Debout, mains sur les hanches, elle toise la serveuse du haut de sa grandeur :

— Ma chère, ou bien vous acceptez mon chèque, ou bien vous appelez la police pour qu'on me jette en prison. Franchement ! je n'ai jamais vu un service aussi épouvantable !

Un silence de mort tombe tout à coup sur le restaurant, pourtant si bruyant quelques secondes plus tôt, chacun voulant comprendre la raison de l'altercation. Se sentant devenue le point de mire, la pauvre serveuse, au comble de l'embarras, est incapable d'articuler une parole. Le seul bruit qu'on entend est le grésillement des burgers et des frites dans la cuisine.

D'une voix tremblante, la jeune fille finit par balbutier :

— Je... je pense que je vais accepter votre chèque. Mais que je voudrais donc que mon patron soit ici !

Dans un marmonnement de paroles blessantes, la cliente au verbe haut quitte le restaurant au pas militaire, suivie de ses quatre compagnes. À peine le gérant a-t-il mis les pieds dans le restaurant que la serveuse court lui raconter l'affaire.

— Mais ce chèque n'est pas bon ! éclate-t-il. J'arrive de la banque où on m'a prévenu contre cette femme. Le nom est faux, l'adresse est fausse également, et il n'y a pas d'argent dans ce compte-là. Ça fait déjà quelque temps qu'elle sème ainsi des chèques sans provision par toute la ville.

— Oui, mais j'ai... commence la serveuse.

— Je t'avais pourtant donné des directives bien précises, interrompt le patron : ne jamais accepter de chèque sans pièce d'identité. Désolé, ma fille, mais tu vas devoir payer l'addition de cette cliente. Et tu n'es peut-être pas au bout de tes peines !

La mort dans l'âme, la serveuse apporte le repas d'Oeil-de-lynx et d'Annie.

— Me voilà dans de beaux draps ! leur confie-t-elle. Le gérant est si fâché contre moi qu'il va peut-être me mettre à la porte.

Sans hésiter davantage, Oeil-de-lynx se lève et, sortant son bloc à dessins, il entraîne Annie à la table voisine.

— Voyons voir si nous pouvons faire quelque chose, dit-il. Elles doivent avoir laissé des indices

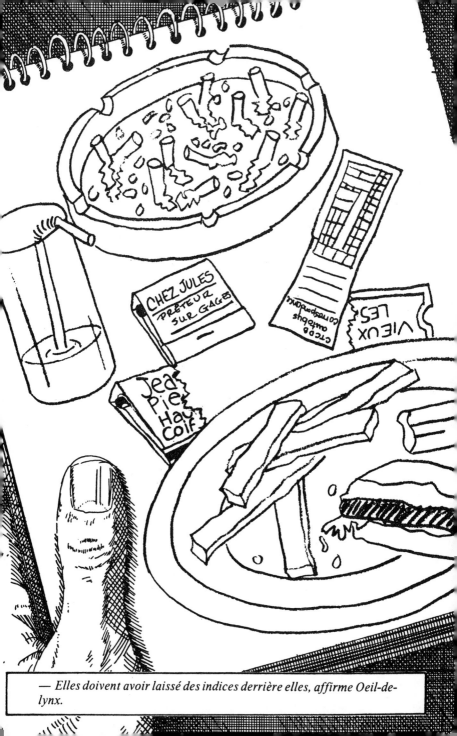

— *Elles doivent avoir laissé des indices derrière elles, affirme Oeil-de-lynx.*

derrière elles. Peut-être pourrons-nous découvrir où cette chipie s'en est allée.

— Ouais, nous allons vous la retrouver, promet Annie à la serveuse. Contentez-vous de m'apporter le ketchup et nous nous occupons du reste.

— Regardez-moi ce désordre sur leur table, s'exclame Annie en plissant le nez de dégoût.

Pendant que son copain esquisse un croquis, elle note les indices.

— Je l'ai ! s'écrie-t-elle tout à coup, je sais où...

— ...retrouver notre faussaire, complète Oeil-de-lynx dans un sourire. Allons-y !

OÙ OEIL-DE-LYNX ET ANNIE VONT-ILS LA RETROUVER ?

Du grabuge à la quincaillerie

Leurs poches de jeans tintant de pièces de vingt-cinq cents, les deux jeunes détectives se dirigent à pied vers l'Arcade-vidéo.

— Trois heures trente, dit Oeil-de-lynx en consultant l'horloge par la vitrine de la librairie; ça nous donne deux bonnes heures de jeux vidéo.

— Et La Fouine, alors? demande Annie en montrant la chienne qui les suit.

— Elle attendra dehors. Elle m'obéit toujours.

À l'intersection, ils aperçoivent, garée sur la rue transversale, l'auto-patrouille du sergent Duflair, tous feux clignotant.

— On va voir ce qui se passe ! s'écrie Annie.

— Tu parles !

Ils s'élancent derrière La Fouine; devant la quincaillerie Duboulon la gérante, Rosa Garcia, et le sergent Duflair discutent sur le trottoir au milieu d'un petit attroupement. La Fouine se fraie un chemin entre les curieux et vient frôler la jambe du sergent.

— Tiens, vous deux, vous tombez pile, dit celui-ci. Et toi aussi, La Fouine. Un vol vient d'être commis.

— Un vol ! s'exclame Oeil-de-lynx. Qu'est-ce qui est arrivé au juste ?

Encore sous le coup de l'émotion, Rosa débite son histoire en gesticulant sans arrêt.

— J'étais allée dans l'arrière-boutique me servir une autre tasse de café, explique-t-elle. Et quand je suis revenue dans le magasin, j'ai vu un individu en train de prendre de l'argent du tiroir-caisse et bourrer ses poches.

— Vraiment ? dit Annie, les yeux grands comme des piastres. Et qu'avez-vous fait ?

— Pas un son ne sortait de ma bouche tant la colère me suffoquait, dit Rosa en esquissant un sourire. Je saisis donc une boîte de cire d'auto et je la lui lançai par la tête de toutes mes forces. Je l'ai attrapé, d'ailleurs, mais ça ne l'a pas empêché de se sauver. Je l'ai vu décamper comme un lièvre, traverser la rue à grandes enjambées et filer dans le parc. Je l'ai pourchassé, mais il allait trop vite pour mes moyens.

Sourcils froncés, le sergent Duflair note tout au fur et à mesure.

— Heureux pour vous qu'il n'ait pas été armé, commente-t-il.

— Avez-vous remarqué certains détails ? demande Oeil-de-lynx.

— Ouais, ajoute Annie, comment était-il habillé ?

— Eh bien, il était vêtu d'un imperméable foncé et *ceci* lui cachait le visage, répond Rosa en désignant un masque de skieur gisant sur le trottoir. Il a dû l'enlever et l'échapper en se sauvant. Il le portait dans le magasin, de sorte que je n'ai pu très bien distinguer ses traits.

— Dommage, conclut le sergent Duflair en cessant d'écrire pour un instant. Ça ne sera pas facile de retrouver le coupable.

— Eh bien, il faut que vous y parveniez, s'emporte Rosa en agitant le masque sous le nez du sergent. Vous ne pouvez pas laisser un voleur en liberté. Il n'a réussi à prendre que quelques dollars, mais c'est tout de même terrible. Sergent, vous devez le retrouver.

— Vous avez raison, mais comment ? Le seul indice que nous possédions est ce masque de skieur.

Du coin de l'oeil, Annie voit La Fouine qui flaire délicatement une borne-fontaine.

— Je l'ai, propose-t-elle triomphalement. Nous allons demander à La Fouine de sentir le masque et de suivre la piste.

— Excellente idée, approuve Oeil-de-lynx. Elle nous conduira peut-être jusqu'au coupable.

— Oh ! Annie, quelle bonne idée, en effet ! s'écrie Rosa. Il faut attraper ce filou et en finir avec ce genre de crime.

— Ici, La Fouine ! appelle Oeil-de-lynx.

Le garçon passe le masque sous le museau de la bête qui agite aussitôt la queue.

— Flaire-le bien comme il faut, lui recommande son maître. Ça y est ? Maintenant, *trouve,* La Fouine, *trouve* la personne qui portait ce masque. Vas-y, *trouve.*

Un regard à Oeil-de-lynx, un jappement, et La

Fouine s'élance, nez au sol. La voilà déjà qui bondit de l'autre côté de la rue et jusque dans le parc de Pluquebeurre, sous le regard étonné des préposés à l'entretien de la pelouse qui voient tour à tour Oeil-de-lynx, Annie et le sergent Duflair se précipiter derrière la bête. Rosa a décidé de ne pas les suivre et revient plutôt compter l'argent qui reste dans la caisse pour connaître le montant exact du vol.

La Fouine va bon train, longeant une statue équestre du grand-père de madame de Pluquebeurre, héros de la Première Guerre mondiale, contournant une fontaine, pour enfin déboucher à l'autre bout du parc. Annie arrive à son tour, talonnée de près par Oeil-de-lynx, et d'assez loin par le sergent Duflair. Sans ralentir, La Fouine les guide jusqu'à une coquette maison jaune.

Un jeune homme dans la vingtaine et d'allure aimable en sort justement, aussitôt assailli par La Fouine qui se met à lui lécher le visage.

— Holà ! Bas les pattes ! se défend-il.

Les deux jeunes détectives courent vers lui.

— Ce... masque... vous appartient-il ? s'enquiert Oeil-de-lynx d'une voix légèrement haletante.

Le jeune homme paraît étonné :

— Non, bien sûr que non ! Que voulez-vous que je fasse avec un masque de ski en plein été ? Mais, je vous en prie, calmez votre chien.

— Ici, La Fouine ! ordonne Oeil-de-lynx.

Tout pantelant, le sergent Duflair apparaît enfin. Essayant désespérément de reprendre son souffle, il s'éponge le front avec son mouchoir à carreaux.

— É... tiez... étiez-vous... chez vous cet après-midi ? parvient-il à demander.

— Oui, tout l'après-midi, répond le jeune homme d'un ton légèrement contrarié. Je suis resté branché à la télé toute la journée. J'ai fermé l'appareil après avoir regardé l'émission « Au jour le jour » qui vient tout juste de se terminer. Et maintenant, je m'en vais à l'ouvrage. Je travaille de nuit, voyez-vous.

Le sergent remet son mouchoir dans sa poche et poursuit l'interrogatoire. Soudain, La Fouine aperçoit un écureuil et part en chasse autour de la maison.

— Hé ! La Fouine, reviens ici ! appelle Annie.

Mais Oeil-de-lynx fronce les sourcils. Un détail lui a mis la puce à l'oreille dans l'histoire du jeune homme.

— Hum, je vais m'occuper de La Fouine, annonce-t-il.

En fait, Oeil-de-lynx n'attendait que l'occasion de s'éloigner. Il contourne la maison et retrouve bientôt sa chienne sous un arbre.

— Hé ! La Fouine, qu'est-ce qui se passe ? Ton nez ne peut pas te tromper comme ça, j'en suis sûr. Tu penses que ce type est bien le voleur masqué, n'est-ce pas ?

En quelques foulées rapides, Oeil-de-lynx atteint la maison du jeune homme. Sur la pointe des pieds, il jette un regard à l'intérieur par la fenêtre du salon.

« Je savais bien que cette histoire ne tenait pas debout, se dit-il. L'alibi de ce type-là est aussi faux qu'un billet de trois dollars ! Il faut que le sergent voie ça. »

Sortant son bloc à dessins et son crayon de sa poche, Oeil-de-lynx esquisse un rapide croquis. Il s'arrête un instant, plisse les yeux pour mieux examiner la pièce, puis complète quelques détails ici et là. Une fois certain d'avoir tout noté avec précision, il attrape La Fouine par le collet et revient à l'avant de la maison où le sergent Duflair termine son interrogatoire.

— Eh bien, jeune homme, votre déclaration me satisfait. Désolé de vous avoir dérangé. Si toutefois d'autres questions se présentaient, je pourrais toujours vous appeler au travail.

— D'accord, acquiesce le jeune homme qui s'éloigne sans demander son reste.

Oeil-de-lynx court montrer le croquis à Annie en lui chuchotant quelques mots à l'oreille. La jeune détective n'en revient pas :

— Ma foi, tu as raison ! dit-elle. Hé ! Sergent, venez voir ça !

Après avoir jeté un coup d'oeil sur le dessin, le sergent crie :

— Holà, une minute, jeune homme ! Revenez, j'ai encore une question ou deux à vous poser.

QU'EST-CE QUI A MIS LA PUCE À L'OREILLE D'OEIL-DE-LYNX AU POINT DE CONVAINCRE LE SERGENT DUFLAIR DE POURSUIVRE L'INTERROGATOIRE ?

Sur la pointe des pieds, Oeil-de-lynx jette un regard à l'intérieur par la fenêtre du salon.

Alerte
au comptoir
de limonade

Après avoir assisté à une rencontre du club d'informatique *Les Puces,* Oeil-de-lynx et Annie enfouissent leurs livres dans leurs sacs à dos et rentrent chez eux.

Au moment de passer la grande porte de l'école élémentaire de Coteau-des-Bois pour sortir dans l'air doux de cette fin d'après-midi, ils entendent des cris de colère en provenance du champ de soccer. Une blonde fillette de six ans aux palettes manquantes hurle à pleins poumons.

— Hé, mais c'est ma soeur Lucie ! s'exclame Annie, qui s'élance au pas de course.

L'équipe de soccer de quatrième année, les Vauriens de Coteau-des-Bois, rencontrait aujourd'hui une équipe d'une autre école, et la partie vient de se terminer. Oeil-de-lynx se faufile à travers la foule dans le sillage d'Annie. Les deux détectives arrivent bientôt au comptoir de limonade de Lucie.

— E*fpèfes* de gro*ff*es brutes ! vocifère la fillette en détachant son saint-bernard à la mine endormie. Vas-y, Bernie, attrape *f*es deux canailles !

Tirée de sa léthargie, l'énorme bête parvient tant bien que mal à se déplier les pattes et à lancer deux jappements puissants. Effrayés, les deux enfants (un garçon et une fille) se réfugient contre un arbre. Aboyant amicalement, Bernie trottine vers eux.

— Aïe, rappelle ton chien ! beugle le garçon, un joueur de soccer encore en uniforme. Tu sauras que je l'ai pas bue, ta limonade, ajoute-t-il en agitant les mains pleines de boue. Mais débarrasse-moi de cet animal !

Vêtue du costume de clown jaune et orange dans lequel elle vendait des billets de tirage pendant la partie, la fille agite nerveusement ses pompons.

— C'est pas moi non plus, lance-t-elle. Et viens chercher ton chien, pour l'amour du ciel !

— Veux-tu bien me dire ce qui se passe, Lucie, demande Annie. Et qu'est-ce que Bernie fait à l'école, hein ? Rappelle-le !

— Pas que*f*tion ! refuse Lucie, un petit bout de femme, mais très dégourdie pour son âge.

Mains sur les hanches, mâchoires serrées laissant entrevoir sa langue à l'endroit où ses palettes brillent par leur absence, elle menace :

— Je rappelle pas Bernie tant qu'ils m'auront pas dit qui*f*est qui a tout bu ma limonade. Il faut qu'ils me la paient.

Tournant la tête à gauche, Oeil-de-lynx remarque le grand pichet vide sur le comptoir.

— Tu veux dire que quelqu'un a ingurgité tout ça ? s'étonne-t-il.

— Oui, un de *f*es deux-là, confirme Lucie en pointant du doigt vers le clown et le joueur de soccer. J'ai pa*ff*é tout le temps i*f*i au comptoir à faire de la limonade pour les *f*pectateurs de la partie de *f*occer. Quand je *f*uis entrée chercher d'autres verres, le pichet était à moitié plein. Mais quand je *f*uis revenue, je l'ai retrouvé par terre, complètement vide. Et *f*es deux-là *f*e tenaient là-bas. Il faut qu'un des deux paie pour *f*ette limonade.

Reconnaissant Oeil-de-lynx et Annie, Bernie se traîne jusqu'à eux pour les accueillir, au grand soulagement du jeune joueur de soccer. Quant à la petite fille déguisée en clown, l'énorme sourire peint au rouge à lèvres sur son visage s'élargit encore.

— Lucie a raison, dit Annie. Si c'est vous autres qui l'avez bue, vous devez la payer.

— Je jure que je l'ai pas bue, affirme le garçon en mâchant sa gomme. Je m'en retournais tout bonnement chez moi après la partie de soccer. Je m'en suis même pas approché, de ce fichu comptoir. Ça doit être elle, accuse-t-il en désignant le clown.

— Moi ? s'indigne la fillette en roulant de grands yeux. Je ne me suis pas approchée de là moi non plus. Je vous assure que je n'ai pas touché à la limonade.

— Quelqu'un va devoir payer pour *f*ette limonade, et *f*a *f*era pas moi, vous pouvez en être *f*ûrs ! les prévient Lucie d'un ton sans équivoque. Je voulais faire un peu d'argent, moi. L'un de vous deux va payer.

Forte de son statut d'aînée, Annie tente d'apaiser sa soeur :

— Allons, Lucie, calme-toi. Attends un peu. Une petite enquête s'impose, ajoute-t-elle en se tournant vers Oeil-de-lynx.

Souriant, celui-ci laisse tomber son sac à dos et sort son bloc à dessins de sa poche arrière.

— Un rapide croquis viendra à bout de ce mystère, affirme-t-il. Cet endroit regorge d'indices.

— Ouais, confirme Annie, déjà affairée à examiner les empreintes de pas autour du comptoir de limonade. Ces traces devraient nous mettre sur la piste.

Après avoir observé la scène pendant quelques instants, Oeil-de-lynx commence à dessiner.

— Hé ! Regarde, il y a même un indice sur le comptoir !

Pendant que les deux détectives essaient de reconstituer les faits, l'engueulade reprend de plus belle entre Lucie et les deux suspects, ponctuée des aboiements joyeux d'un Bernie à la queue déchaînée.

Quelques instants plus tard, Annie hurle pour se faire entendre au milieu du vacarme :

— Hé, vous autres, ça va faire ! Oeil-de-lynx et moi, nous avons tout compris.

Abasourdie, Lucie s'interrompt tout net :

— Es-tu en train de rire de moi ? demande-t-elle, méfiante.

— Sans blague, Lucie, confirme Oeil-de-lynx, en lui tendant le croquis. Ni le clown, ni le joueur de soccer, nous ont dit la vérité, mais seulement l'un des deux a bu ta limonade. Voyons voir si tu es bonne détective.

LEQUEL DES DEUX A BU LA LIMONADE DE LUCIE ?

— Je vous assure que je n'ai pas touché à la limonade, dit la fillette.

L'argent disparu

Oeil-de-lynx et son père roulent dans leur petite familiale lambrissée de bois.

— Hé, papa, dit Oeil-de-lynx, y a un gars à l'école qui prétend que quand on éternue, l'air sort du corps à cent soixante kilomètres à l'heure.

— Vraiment ? s'esclaffe monsieur Colin. Mais où est-il allé pêcher ça ?

— Dans un film, je pense, enfin, je sais pas trop. Qu'en penses-tu ?

— Ça se pourrait ! Tiens, la prochaine fois que tu vas éternuer, je vais te chronométrer.

S'engageant bientôt dans une allée menant à une maison brune à deux niveaux, monsieur Colin arrête la voiture et coupe le contact.

— Eh bien, nous y voilà, dit-il. Tu entres avec moi ? Ça ne devrait pas être très long. Juste le temps de cueillir une somme d'argent pour un client qui attend ce paiement depuis belle lurette.

— Bien sûr que je viens !

Oeil-de-lynx saute en bas de la voiture et suit son père jusqu'à la porte de la façade, remarquant que celle-ci est entrouverte et que quelques pièces sont éclairées.

— Monsieur Turcot doit m'attendre, commente l'avocat en désignant la porte.

Mais il a beau frapper plusieurs fois, il n'obtient pas de réponse.

— Allô ! Y a quelqu'un ?

Pas de réponse. Se passant la tête dans l'encadrement, ils entendent un faible grognement venant de l'intérieur :

— Ohhh, ohhh...

— Monsieur Turcot ? appelle monsieur Colin.

— Ohhh, ohhh...

— Là-bas, papa, indique Oeil-de-lynx, pointant le doigt vers l'autre bout de la pièce.

Père et fils se précipitent. Grognant plaintivement, monsieur Turcot gît par terre devant le bar. À côté de lui, sur le plancher, un porte-documents vide.

— Qu... qu'est-ce qui s'est passé ? marmonne-t-il.

— Nous arrivons à l'instant, dit Oeil-de-lynx, et nous vous avons trouvé étendu sur le sol.

Monsieur Turcot se frotte le dessus de la tête :

— Quelqu'un a dû se glisser furtivement derrière moi et me flanquer un coup à la tête. Yoye !

— Mais pourquoi quelqu'un ferait-il une chose pareille ? demande monsieur Colin, perplexe.

— Seigneur ! s'exclame monsieur Turcot, le souffle coupé, en désignant sa serviette vide. Elle était pleine d'argent, l'argent que je devais vous remettre.

Quelqu'un a dû le voler.

— Vous voulez rire, s'affole monsieur Colin.

— Pas du tout, rétorque le blessé, écumant de colère. J'avais fait venir un plombier pour réparer l'évier, ajoute-t-il en se tournant vers l'avocat. Après l'avoir payé, je l'ai reconduit à la porte et je suis revenu au bar où je me suis versé un verre de soda. C'est à ce moment qu'on a frappé à la porte. Pensant que c'était vous, je vous ai crié d'entrer. J'ai entendu alors des pas dans mon dos, et je m'apprêtais à me retourner pour vous saluer lorsque... la chose est arrivée. C'est tout ce dont je me souviens.

— Vous croyez donc que quelqu'un a tenté de vous assommer et de voler votre argent, résume Oeil-de-lynx.

— Fiston, c'est exactement ça qui a dû se produire, confirme monsieur Turcot en opinant de la tête. Quelle histoire terrible !

Dans un clin d'oeil à son fils, monsieur Colin lève la main droite en dessinant dans le vide.

Comprenant aussitôt, Oeil-de-lynx se traîne d'un air faussement blasé jusqu'à un bout de la pièce. Se laissant tomber sur une chaise, il se met à polir les vitres de ses lunettes, puis, mine de rien, il sort son bloc à dessins.

Se tournant vers monsieur Turcot, l'avocat lui déclare sans ambages :

— Vous comprenez, bien sûr, que vous êtes toujours responsable de cette dette. Mon client compte se faire rembourser dans les plus brefs délais. Tout ce que j'espère, c'est que vous avez une assurance pour couvrir ce vol.

Oeil-de-lynx porte une attention particulière au bar, où monsieur Turcot affirme s'être trouvé au moment de l'agression. Il esquisse un croquis rapide

— *Je suis revenu au bar où je me suis versé un verre de soda, dit monsieur Turcot.*

des étagères, du miroir suspendu au-dessus du comptoir, du mur également. Puis il épluche la scène de nouveau, à l'affût d'indices.

Quelques secondes plus tard, son visage s'éclaire d'un sourire. Encore une fois, succès complet ! Et à peine monsieur Turcot est-il passé à la cuisine pour mettre de la glace sur sa prune qu'Oeil-de-lynx fait signe à son père :

— C'est clair comme de l'eau de roche, lui souffle-t-il en lui remettant le croquis.

Monsieur Colin l'examine attentivement.

— Bravo, Oeil-de-lynx, tu as découvert le pot aux roses ! Confrontons maintenant ce dessin avec les déclarations de monsieur Turcot.

QUI A VOLÉ L'ARGENT DE MONSIEUR TURCOT ?

Le patron assommé

Les deux jeunes détectives se dirigent à pied vers le parc de Pluquebeurre, Annie se moquant du gilet d'Oeil-de-lynx.

— Mais, proteste celui-ci en se regardant le torse, je m'en fous que ce vaisseau spatial soit...

Il s'interrompt brusquement en entendant un cri étouffé.

— Au secours, au secours ! Qu'on appelle une ambulance !

Le cri émane du salon de crème glacée « Aux Mille et Une Saveurs ». Vive à réagir, Annie entraîne Oeil-de-lynx.

— Quelqu'un a besoin d'aide, vite !

Ouvrant la porte d'un coup sec, elle se rue à l'intérieur, Oeil-de-lynx sur les talons. Personne dans le restaurant. Une portion de crème glacée au chocolat fond dans un plat sur une table, une banane coupée en deux gît sur le comptoir et la machine à cornets de neige crache des monceaux de glaçons concassés qui s'empilent de plus en plus haut.

— Voilà qui est vraiment curieux, commente Oeil-de-lynx en regardant autour de lui.

— Il faut qu'il y ait quelqu'un pas loin, ajoute Annie en se grattant la tête. Car enfin, cette banane tranchée allait devenir banane garnie...

Le cri étouffé retentit encore une fois :

— Qu'on fasse venir une ambulance ! Appelez la police !

— Au sous-sol ! Vite ! s'écrie Oeil-de-lynx qui sort son bloc à dessins tout en se hâtant vers l'arrière du restaurant.

Sans faire ni une ni deux, les jeunes détectives dégringolent l'escalier qui longe l'entrepôt de provisions et se précipitent dans le petit bureau du sous-sol.

Le propriétaire de l'établissement, monsieur Hardy, gît inconscient, face contre terre. Il ne saigne pas, mais la prune qui lui orne la tête est grosse comme un oeuf d'oie. Penchés sur lui, une cliente et deux employés du restaurant, Bertha et Joseph, tentent de le ranimer.

— J'appelle le sergent Duflair et une ambulance, s'écrie Annie en remontant précipitamment.

— Est-ce qu'il va s'en sortir ? s'inquiète Oeil-de-lynx. Qu'est-ce qui s'est passé ?

— Ouais, ça va aller, dit Bertha en ébauchant de la main un geste vague.

— J'étais descendu chercher de la monnaie, explique Joseph, quand j'ai aperçu le patron par terre, sans connaissance.

56

La cliente hoche la tête d'un air entendu :

— Cette affaire-là ne me surprend pas du tout, vous savez. C'est bien connu que monsieur Hardy est le commerçant le plus gratteux de toute la ville. Un vrai tyran, à part ça !

Le blessé commence à revenir à lui :

— Ma tête... Oh ! la la !

— Il semble que le naturel va lui revenir au galop, insinue Joseph en s'essuyant le nez avec sa manche.

— Une vrai chance pour nous ! ricane Bertha.

— L'ambulance s'en vient, annonce alors Annie, le souffle un peu court d'être redescendue aussi vite.

— Comment ça se fait qu'elle n'est pas encore arrivée ? vitupère monsieur Hardy en se redressant. Joseph, veux-tu me dire ce que t'attends pour me donner un coup de main, hein ? Et toi, Bertha, toujours aussi fainéante ! Viens de l'autre côté, et que ça saute, malheur de malheur !

La litanie de gémissements, d'insultes et de jurons se poursuit sans arrêt jusqu'au rez-de-chaussée. Quand Joseph et Bertha remontent enfin en soutenant leur patron, le sergent Duflair et les ambulanciers s'y trouvent déjà.

— Qu'est-ce qui vous a pris tant de temps ? fulmine monsieur Hardy.

Les brancardiers l'installent aussitôt sur la civière mais en glissant celle-ci dans l'ambulance, ils la frôlent légèrement contre la porte.

— Bande d'idiots ! leur lance le blessé. Pourriez pas faire attention, non ? Espèces de... Mais où est mon porte-monnaie, hurle-t-il tout à coup en fouillant désespérément dans la poche de veston de son vieil habit noir. Il y avait cinquante dollars dedans ! Mon porte-monnaie, mon porte-monnaie...

Ses cris furibonds résonnent à la ronde jusqu'à ce que les portes de l'ambulance se referment et que celle-ci s'ébranle.

— Ouf ! soupire le sergent Duflair, soulagé de la voir s'éloigner. Et maintenant, qu'est-ce qui est donc arrivé, ici ?

Il s'adresse à Oeil-de-lynx :

— Toi, le gars aux yeux clairs, qu'as-tu découvert ?

— Pas grand-chose, sergent, répond le jeune détective en esquissant un geste d'ignorance. D'après ce que je peux voir, quelqu'un est descendu au sous-sol, s'est introduit furtivement dans le bureau et a assommé monsieur Hardy.

Oeil-de-lynx a bien noté un détail insolite, mais il préfère le taire tant qu'Annie et lui n'auront pas interrogé les suspects.

Annie se tourne vers la cliente et les deux employés, qui attendent, assis à une table.

— Qui est descendu en bas, à part Joseph ? demande-t-elle.

Celui-ci se frotte le menton :

— Écoutez, vous autres, c'est rien que pour aller chercher de la monnaie que je suis descendu. Le coffre-fort est dans le bureau de monsieur Hardy, voyez-vous. D'ailleurs, ajoute-t-il au bout d'un moment, Bertha est descendue, elle aussi.

— Et alors ? rétorque celle-ci, déjà sur la défensive. Il me fallait du sirop pour la machine à cornets de neige. Mais ça fait plus d'une heure de cela, et j'ai même pas mis les pieds dans le bureau de monsieur Hardy. D'ailleurs, cette cliente est descendue après moi.

À ces mots, celle-ci manque de s'étouffer :

— M... moi ? Je suis juste allée aux toilettes il y a

quelques minutes. C'est tout, je le jure.

— Par conséquent, chacun de vous trois aurait pu commettre le crime, conclut le sergent Duflair en griffonnant sur son calepin. Avec quoi monsieur Hardy a-t-il été frappé ?

— Je n'ai rien vu, répond Annie en tripotant le bout de sa tresse rousse. Toi, Oeil-de-lynx ?

— Moi non plus.

Mais pendant que le sergent Duflair poursuit l'interrogatoire des trois suspects, Oeil-de-lynx se penche vers sa copine :

— Si nous comprenions comment ça s'est passé, lui chuchote-t-il à l'oreille, l'identité du coupable deviendrait peut-être évidente, ainsi que le motif du crime. J'ai bien envie de retourner en bas : il y a un détail qui me chicote.

— Moi aussi.

S'éclipsant discrètement, les deux jeunes détectives redescendent au sous-sol. Debout dans la porte du bureau, ils promènent leur regard tout autour.

— Y a quelque chose d'étrange ici, déclare Oeil-de-lynx, à l'affût de tout indice pouvant le mettre sur la piste.

— Essayons donc de découvrir l'arme du crime, suggère Annie en donnant un petit coup de coude à son collègue. Un croquis s'impose, Oeil-de-lynx. Il sera peut-être révélateur.

— D'accord, acquiesce le garçon qui, avant de se mettre à l'oeuvre, procède à un examen méthodique des lieux.

Il s'efforce ensuite de croquer la scène le plus fidèlement possible, sans omettre le moindre détail.

— N'oublie pas les traîneries sur le pupitre, lui recommande Annie.

— *Si nous comprenions comment ça s'est passé, chuchote Oeil-de-lynx,
l'identité du coupable deviendrait peut-être évidente.*

Une fois le dessin complété, les deux jeunes détectives le scrutent attentivement. Puis Oeil-de-lynx fait claquer ses doigts :

— Regarde, Annie.

— Tu parles ! s'écrie-t-elle, comprenant aussitôt. Hé, Sergent, appelle-t-elle dans la cage d'escalier, ne laissez sortir personne, là-haut ! C'est un de ces trois-là qui a commis le crime et nous savons de quelle façon; nous pouvons même vous dire qui est coupable.

QUI A ATTAQUÉ MONSIEUR HARDY ? ET DE QUELLE FAÇON LE CRIME A-T-IL ÉTÉ COMMIS ?

DÉTECTIVE - CLUB

SOLUTIONS À LIRE DANS LE MIROIR

LE SECRET DU

trésor

ancien

PREMIER ÉPISODE
LA GROTTE NOIRE

La grotte
noire

Par un superbe après-midi de printemps, Oeil-de-lynx et Annie empruntent des motos et partent en balade sur la vieille route de l'Anse-au-Moulin. Museau en l'air et langue pendante, La Fouine charge à fond de train devant eux.

— Quel sentier formidable ! s'extasie Oeil-de-lynx en zigzaguant entre les trous d'eau. Un peu comme un parcours de slalom.

— Tu peux le dire !

Il s'agit en effet d'une voie désaffectée et marécageuse.

— Allons, dépêchons-nous d'arriver aux grottes avant qu'il ne soit trop tard.

Pour toute réponse, Annie, courbée sur le guidon, redouble de vitesse et devance son compagnon.

Renommées pour leurs cavernes et leurs tunnels, les basses falaises de l'Anse-au-Moulin servaient jadis de repaires à des bandes de brigands. C'est, du moins, ce que rapporte la légende.

— La voici, déclare Annie en désignant l'une des grottes. C'est là-dedans que Mathieu Chang a trouvé les fossiles, juste à côté d'une rivière souterraine.

La Fouine les devançant toujours, les deux détectives roulent jusqu'à l'entrée de la caverne où ils abandonnent leurs montures pour scruter du regard l'antre noir ouvert devant eux.

— Cet endroit me donne la chair de poule, avoue Annie.

— Je comprends, dit Oeil-de-lynx.

Sortant sa lampe de poche, il dirige le rayon à l'intérieur de la grotte.

— On n'est pas vraiment obligés d'entrer, tu sais, mais j'ai drôlement envie de la voir, cette rivière souterraine, et de trouver des fossiles !

— Et ne t'imagine pas que je vais te laisser y aller seul, dit Annie, dont les yeux verts se mettent à pétiller. Je n'arrive pas à imaginer de quoi ç'a l'air. Tiens, Oeil-de-lynx, ajoute-t-elle en retirant de sa poche une pelotte de ficelle à cerf-volant, nous allons jouer à Tom Sawyer. Je vais attacher la corde à ma moto et la dérouler au fur et à mesure que nous avancerons. Car c'est bien beau de vouloir entrer là-dedans, mais il faut pouvoir revenir !

— Pour sûr ! approuve le garçon en cherchant La Fouine des yeux. En tout cas, faudrait jamais que mes parents entendent parler de cette expédition. Ils me garderaient enfermé pour le reste de mes jours.

Rappelant sa chienne, Oeil-de-lynx la prend par le collet et le trio s'engage dans les grottes, laissant derrière lui le soleil éclatant de cette belle journée de printemps.

Oeil-de-lynx ouvre la marche à l'aide du faisceau lumineux de sa lampe de poche tandis qu'Annie déroule tout au long du chemin sa pelote de corde. Spacieuse et relativement sèche, la première grotte donne accès à deux petits tunnels.

La Fouine, la plus brave des trois, avance truffe au sol, reniflant avec enthousiasme. Le jeune détective la tient solidement pour qu'elle ne se sauve pas.

Depuis le tunnel de gauche où ils s'engagent, l'entrée de la grotte n'est plus visible de sorte qu'il fait beaucoup plus sombre. L'étroit passage semble avoir une pente descendante.

— C'est Frissonville, ici, déclare Oeil-de-lynx en constatant qu'il rétrécit de plus en plus.

— Absolument ! Vois ce suintement sur toutes les parois.

Progressant à pas mal assurés, et toujours selon les instructions de Mathieu, ils bifurquent vers la gauche à la fourche du tunnel. Ils perçoivent alors un clapotis lointain qui se précise à mesure qu'ils avancent.

— Ce murmure, dit Annie en tendant l'oreille, on dirait... on dirait une...

— Une rivière ! s'écrie Oeil-de-lynx qui sourit pour la première fois.

Quelque trois mètres plus loin, ils parviennent à une ouverture et virent à droite. Le chant de la rivière remplit leurs oreilles. Pénétrant dans une autre grotte à voûte surélevée, voilà qu'ils aperçoivent enfin la rivière souterraine sous le rayon de leur lampe. L'angoisse les étreint à la vue de ces cascades ténébreuses coulant dans l'éclairage lugubre de la caverne !

Lâchant la chienne, Oeil-de-lynx court vers la berge.

— Tu parles d'un endroit ! murmure-t-il, en promenant son faisceau lumineux sur toute la largeur de la rivière.

Annie le rejoint bientôt.

— Je me demande si on peut toucher le fond. Pas moyen de voir sous cette surface opaque.

Sur ces entrefaites, La Fouine bondit derrière la jeune détective et bute contre ses mollets. Annie sent ses genoux défaillir et, splash ! la voilà qui tombe à l'eau dans un grand cri.

— Au secours, Oeil-de-lynx !

La saisissant par la main, celui-ci la tire de toutes ses forces. Le faisceau de la lampe danse en tous sens sur les parois de la caverne. Les aboiements affolés de La Fouine se répercutent à l'infini dans la salle souterraine.

De peine et de misère, une pauvre Annie toute dégoulinante vient à bout de se relever et de remonter sur le rivage.

— Oh ! quelle eau glaciale ! grelotte-t-elle en tordant la manche ruisselante de son gilet. Merci de m'avoir sortie de là. Je croyais que j'en aurais par-dessus la tête, mais il n'y a même pas un demi-mètre de profondeur, ici du moins.

Toujours frétillante, La Fouine se jette à l'eau et sautille jusqu'à la berge opposée.

— Tu as vu ? s'exclame Oeil-de-lynx, on peut traverser à gué ! Et regarde cette corniche rocheuse là-bas, idéale pour les fossiles. Allons-y !

Joignant le geste à la parole, il s'engage dans l'eau, tâtonnant du bout des orteils avant chaque pas. Annie le suit. Parvenus de l'autre côté, ils gravissent tant bien que mal la berge glissante et se mettent immédiatement à chercher des fossiles dans le gravier humide.

— C'est *trippant* ! commente le jeune détective en jouant de son faisceau lumineux sur le sol autour de lui. Eh ! mais comme c'est curieux, s'étonne-t-il en remarquant un éclat étrange dans le gravier tout proche. Il y a quelque chose d'enterré ici. On dirait le coin d'un coffret métallique.

Sans plus tarder, il commence à le dégager un peu.

— Eh, La Fouine ! appelle-t-il. Viens donc fouiner par ici. Allez, creuse, La Fouine, creuse.

Celle-ci s'amène au petit trot et se met à l'oeuvre sans se faire prier. Se rendant bientôt compte qu'un objet est effectivement enterré là, elle redouble d'ardeur, ses pattes piochant furieusement le gravier. Une minute plus tard, elle finit par dégager un coffre de métal tout cabossé qu'Oeil-de-lynx s'empresse de ramasser.

— Super ! chuchote Annie, en se penchant par-dessus l'épaule de son compagnon. Il contient peut-être un trésor. Et regarde, il y a un loquet.

— Tiens, prends la lampe, dit Oeil-de-lynx qui tremble d'émotion en déposant le coffre sur le sol.

S'apprêtant à soulever le loquet, il jette un regard à son amie :

— Eh bien, on y va.

Il doit se battre un peu avec la clenchette avant de pouvoir la dégager, mais il y réussit enfin. Il a aussi un peu de mal à faire jouer le couvercle, mais voilà, il en vient à bout, et le coffre révèle enfin son secret : un vieux papier parcheminé jauni aux rebords tout échancrés, sur lequel sont dessinés des lignes, des chiffres et des lettres.

Le prenant délicatement dans ses mains, Oeil-de-lynx l'examine avec attention. Annie rapproche son faisceau pour mieux y voir.

— C'est un plan ! s'exclame le jeune détective.

— Ce n'est pas un trésor enfoui, conclut Annie, au comble de l'excitation, mais c'est peut-être le plan qui y conduit.

Oeil-de-lynx scrute le plan à la loupe, notant les initiales qui se trouvent en haut et en bas, mais les autres signes, un code sans doute, le mystifient.

— Sais-tu à quoi ça me fait penser ? lui dit Annie, le doigt pointé sur le côté droit du plan. On dirait une sorte du lac. Et ceci... ceci ressemble à une...

— Une rivière ! explose Oeil-de-lynx en se frappant le front. L'Anse-au-Moulin ! Tu as raison, c'est peut-être un plan qui mène à un trésor !

— Et ce grand carré, là-haut, serait le domaine de madame de Pluquebeurre ! conclut Annie qui a peine à y croire. Oeil-de-lynx, ce que nous avons ici, c'est un plan qui relie les grottes au manoir de Pluquebeurre.

— Ouais, mais quel itinéraire capricieux, tout en zigzag ! répond Oeil-de-lynx en se grattant la tête. Qu'est-ce que ça veut dire, un chemin aussi biscornu ? Et que signifient tous ces chiffres et toutes ces lettres ?

Annie réfléchit un moment :

— C'est peut-être un plan par étapes où il faut d'abord découvrir quelque chose à chaque endroit avant d'arriver enfin chez madame de Pluquebeurre.

— Ouais... dit le garçon en refermant le coffre. Tiens, sortons d'ici et allons jeter un coup d'oeil dehors. Peut-être le plan deviendra-t-il plus clair à la lumière du jour.

Il remet soigneusement le plan dans le coffre et place celui-ci sous son bras. Excités, les deux détectives retraversent alors le petit cours d'eau (Oeil-de-lynx tenant La Fouine par le collier) et retrouvent la corde.

Lampe à la main, Annie ouvre le chemin, enroulant la ficelle au fur et à mesure. Une fois dehors, ils se voilent la face devant l'éclat du soleil.

— Il ne me semblait pas si brillant tout à l'heure, remarque Annie, les yeux plissés.

Oeil-de-lynx lâche La Fouine qui déguerpit vers le pré voisin. Puis, étalant le plan sur une grosse pierre, il attend que ses yeux se soient rajustés à l'éclairage ambiant pour l'examiner à nouveau. Annie lance la pelote de corde près des motos puis s'approche elle aussi.

— Si ces petites pointes mènent quelque part, la première devrait conduire là-bas, remarque Oeil-de-lynx, en indiquant un champ qui s'étend à perte de vue de l'autre côté de la falaise de l'Anse-au-Moulin.

Annie étudie le plan, lève les yeux vers le champ. Puis elle se retourne et regarde la paroi escarpée de la falaise :

— Ouais, répond-elle, sourcils froncés, mais la seconde mènerait alors là-haut, et ça, c'est impossible. Personne ne pourrait escalader ça !

— Tu as parfaitement raison, approuve Oeil-de-lynx, qui scrute le plan de plus près. Dis donc, si les lettres et les chiffres représentaient le nombre de pas à faire dans chaque direction. C'est peut-être une sorte de code... ou...

— Mais tu l'as ! coupe Annie en faisant claquer ses doigts. C'est exactement ça, Oeil-de-lynx, ajoute-t-elle en lui donnant un vigoureux coup de coude dans les reins. J'ai vu quelque chose qui ressemblait à ça dans un des livres de codes de Lucie. Les lettres et les chiffres indiquent où aller !

Tout en marmonnant des sons inintelligibles, elle promène le doigt sur différents points du plan, puis elle suit la flèche du début à la fin.

— Je l'ai ! s'écrie-t-elle enfin, le visage épanoui d'un large sourire. Je comprends le code, et je sais où le plan va nous conduire.

OÙ LE PLAN SECRET MÈNE-T-IL ?

Découvre la solution du problème dans le prochain épisode de cette histoire, intitulé L'affaire des chocolats volés (Tome 2 de la série Détective - Club).

— *Tu as raison, explose Oeil-de-lynx en se frappant le front, c'est peut-être un plan qui mène à un trésor !*

SOLUTIONS

Le cousin
perdu
et retrouvé

Dan insinuait au souper que la grand-mère d'Oeil-de-lynx était la soeur aînée de la famille. Or, la photo prouve qu'elle était, au contraire, la plus jeune des filles, (puisqu'elle n'avait qu'une seule soeur, Élizabeth, qu'on voit ici debout à côté de sa mère). Lorsqu'Oeil-de-lynx lui fait remarquer cette contradiction le lendemain soir, pendant le repas, Dan se rappelle soudain un rendez-vous urgent et prend congé précipitamment.

La police lui met la main au collet à l'aéroport au moment où il rend la voiture à l'agence de location. Il s'agit en fait d'un ex-détenu libéré depuis peu. Il était le compagnon de cellule du véritable cousin Dan dans une prison d'Alaska. Pendant son séjour au pénitencier, l'imposteur a donc beaucoup entendu parler de la famille de Dan.

— Je suis venu ici dans l'intention d'entraîner les Colin dans une affaire d'investissements louches, avoue-t-il, mais je comptais sans la perspicacité de Christophe, enfin, d'Oeil-de-lynx. Voilà un bonhomme à qui on ne passe rien !

En fait, comme l'individu n'a commis aucun crime, la police le relâche. Et jamais depuis n'en a-t-on réentendu parler.

L'affaire des diamants disparus

Tous les indices semblent évidemment prouver la culpabilité de Nicolas de Pluquebeurre. En effet, comme le montre le croquis, celui-ci aurait fort bien pu se glisser dehors par la fenêtre de la salle de billard, courir dans la neige et pénétrer dans la bibliothèque par la fenêtre. Un vrai voleur se serait tout de même efforcé de ne pas laisser de traces aussi flagrantes.

Annie remarque que les empreintes menant de la bibliothèque à la salle de billard ont été faites les premières, car elles sont recouvertes par celles qui vont en sens inverse (celles qui mènent de la salle de billard à la bibliothèque).

— Ce qui signifie que quelqu'un a voulu faire croire à la culpabilité de Nicolas, explique Annie. Mais il y avait un autre chemin pour entrer dans la bibliothèque sans être vu, et ce chemin-là, seul Didier a pu l'emprunter.

Un peu plus tard, le sergent Dufflair interroge donc Didier, et celui-ci finit par avouer que c'est bien lui qui a volé les diamants. Après avoir mis un disque de violon, il est sorti par la fenêtre du studio de musique, puis il a contourné la maison jusqu'à la bibliothèque.

— Je n'avais pas l'intention de garder les diamants, pleurniche-t-il. J'espérais que ma tante chérie m'aimerait plus que Nicolas : c'est rien que pour ça que je les ai volés.

En fin de compte, c'est le contraire qui se produit.

79

SOLUTION

SOLUTIONS À LIRE DANS LE MIROIR

Quant à madame de Piquebeurre, elle est si heureuse d'avoir retrouvé ses précieux bijoux de famille qu'elle donne à chacun des deux jeunes détectives une généreuse récompense de vingt-cinq dollars.

Le mystère du guide d'orthographe

Comment une lettre si mal écrite pourrait-elle venir d'un professeur compétent ? Oeil-de-lynx y dénombre quatre fautes d'orthographe : orto-graphe, sujii, courier et proffesseur, dont l'épellation correcte serait : orthographe, subtil, courrier et professeur.

— Quelqu'un qui fait autant d'erreurs ne peut pas connaître grand-chose en épellation, dit Oeil-de-lynx à son copain. Ce professeur François est un imposteur. Garde ton argent, mon vieux, parce que tu as déjà en mains un guide formidable : cette lettre.

Plutôt que de gaspiller deux dollars, Ronald décide de retourner la lettre à l'adresse mentionnée, après l'avoir corrigée. Jamais plus par la suite on n'entendra parler du professeur François.

Oeil-de-lynx donne ensuite des petits trucs à Ronald pour l'aider à mieux épeler. Un peu plus tard, ils se rendent à l'Arcade pour se détendre un peu et ils réussissent tous deux à faire apparaître leur nom à l'écran.

— Si tu es capable de réussir aussi bien dans un jeu vidéo, dit Oeil-de-lynx à Ronald, c'est sûr que tu pourras passer ton examen d'épellation haut la main.

Pour un bouquet
de marguerites

La jeune fille prétend que le vent soufflait ses papiers du parc vers le jardin de madame Rochette. Le dessin d'Oeil-de-lynx montre bien la direction du vent.

— Il souffle depuis la maison vers le parc, conclut Oeil-de-lynx. Cette fille ment : impossible que le vent ait poussé les papiers vers le jardin.

Or, quand les deux détectives tentent encore une fois d'intervenir, madame Rochette les chasse sans autre forme de procès.

— C'est pas parce qu'on n'a pas essayé ! soupire Oeil-de-lynx en remfourchant sa bicyclette.

— Eh bien tant pis ! conclut Annie qui en fait autant. Tant pis pour madame Rochette si elle veut rien savoir ! Quant à la fille, elle est bien assez punie comme ça !

Le chèque
sans provision

Les cinq clientes ont laissé un certain nombre d'indices révélateurs sur la table. La correspondance d'autobus, par exemple, prouve qu'elles sont venues au restaurant par les transports en commun et que cette histoire de chauffeur n'était que de la poudre aux yeux. Et le carton d'allumettes du préteur sur gages démontre que la dame est loin d'être aussi riche qu'elle le prétend.

Mais l'indice le plus important consiste en ce carton d'allumettes, déchiré celui-là, qui traîne juste à côté de l'assiette de la grosse mémère. En voyant les lettres, Annie se rappelle du rendez-vous chez Jean où la dame craignait d'être en retard. La jeune détective en conclut que le carton vient du salon de beauté Jean-Pierre/Haute coiffure.

Comme de fait, à deux heures précises, madame Barbie Morin se présente au salon en question. Mais elle doit troquer sa mise en plis contre une randonnée gratuite dans l'auto-patrouille du sergent Dufilair.

La serveuse l'a échappé belle ! Et elle en est si soulagée qu'elle offre à Oeil-de-lynx et à Annie une super banane garnie par ses soins.

Du grabuge
à la quincaillerie

Le jeune homme affirme avoir fermé le téléviseur après avoir regardé l'émission « Au jour le jour » qui vient tout juste de se terminer. Or, cette émission passe de une heure et demie à deux heures et demie, et l'interrogatoire a lieu un peu après trois heures et demie.

— Ce n'est peut-être pas lui qui a dérobé l'argent à la quincaillerie Dubouton, ajoute Annie, mais il n'a certainement pas passé tout l'après-midi chez lui.

Après avoir constaté que certaines des empreintes digitales relevées sur le tiroir-caisse correspondent à celles du jeune homme, les policiers le mettent en état d'arrestation.

À la suite de cet exploit, le sergent Dufflair nomme La Fouine membre honoraire de la brigade canine, et il lui fait cadeau d'un os énorme et tout juteux.

Alerte
au comptoir de limonade

Comme l'indiquent clairement les empreintes de pas, tant le joueur de soccer que le clown se sont approchés du comptoir (empreintes cloutées pour le joueur de soccer et démesurées pour le soulier de clown). La fille y est arrivée la première (voyez dans le cercle : le soulier clouté passe par-dessus les traces de mèches de pompon, et y fait même des trous).

Lucie suit la piste du garçon jusqu'au pichet, mais elle ne remarque pas que les empreintes de ses mains pleines de boue sont seulement sur le comptoir.

— Or, il y a du rouge à lèvres sur le pichet, observe Annie, ce qui veut dire que...

Mais la fille l'interrompt brusquement, soutenant que si elle n'était pas arrivée la première pour boire la limonade, le joueur de soccer en aurait fait autant. Et son beau grand sourire de clown vire au jaune au moment où, bien à contrecoeur, elle se voit forcée de payer Lucie pour tout ce qu'elle a bu.

S O L U T I O N

L'argent disparu

Personne n'a pris l'argent, pour la bonne raison que monsieur Turcot a monté ce faux vol de toutes pièces.

— Votre histoire ne tient pas debout, lui fait d'ailleurs remarquer Oeil-de-lynx. En premier lieu, lorsque vous êtes allé vous servir un verre au bar, vous vous teniez juste devant le miroir. Si quelqu'un s'était faufilé derrière vous, vous n'auriez pu manquer de le voir dans la glace. En second lieu, vous affirmez vous être versé un verre de soda. Comment alors expliquer que la bouteille soit encore scellée ? Enfin, si vous étiez effectivement tombé, votre verre se serait sans doute renversé, ou encore se serait cassé.

Oeil-de-lynx y va ensuite de sa conclusion :

— Vous avez sans doute laissé traîner la clé à molette pour faire croire que le plombier vous avait assommé avec, mais je gage que seules vos empreintes digitales s'y trouvent.

— C'est vrai, avoue monsieur Turcot. J'ai simulé toute l'affaire pour gagner du temps. Je me rends compte que tout ce que j'ai gagné, c'est un paquet de trouble ! Mais, je vous promets de vous rembourser bientôt.

Deux mois plus tard, monsieur Turcot finit par livrer l'argent.

— Vous dire l'embarras que j'ai ressenti quand Oeil-de-lynx a découvert mon petit jeu ! confie-t-il à monsieur Colin. Je peux bien vous l'avouer maintenant, c'est à ce moment-là que j'ai pris la ferme résolution d'économiser chaque cent jusqu'au remboursement complet de ma dette.

Le patron assommé

Qui a assommé monsieur Hardy ? Eh bien, c'est Bertha. Et l'arme du crime ? Un bloc de glace. Les deux jeunes détectives s'empressent de tout expliquer au sergent Duflair.

— Vous voyez la petite mare d'eau ? lui demande Oeil-de-lynx.

— Vous saisissez ? insiste Annie. Monsieur Hardy a été frappé à la tête avec un bloc de glace, et celui-ci a eu le temps de fondre avant qu'on ne découvre la victime.

Et comme la glace met quand même quelque temps à se liquéfier, un seul des trois suspects a pu commettre le crime.

— Bertha, conclut Oeil-de-lynx. Elle est descendue une heure avant Joseph. Et voyez le porte-monnaie vide de monsieur Hardy. Bertha l'a frappé avec le bloc de glace pour ensuite s'emparer des cinquante dollars.

Bertha passe aux aveux, alléguant qu'elle a commis ce crime parce que monsieur Hardy refuse de lui verser son plein salaire.

— Vous auriez dû rapporter cette fraude à la police, lui fait remarquer le sergent Duflair. Le séjour en prison aurait alors été pour lui, et non pour vous.

Sondage

Ami lecteur, amie lectrice,

Nous aimerions que tu nous dises ce que tu penses de ce livre afin de nous aider à produire d'autres récits de mystères. Après l'avoir lu, pourrais-tu prendre une feuille et répondre aux questions ci-dessous (n'oublie pas de numéroter tes réponses). S'il te plaît, n'écris pas dans le livre. Envoie ta feuille de réponses à l'adresse suivante:

LES ÉDITIONS HÉRITAGE/DÉTECTIVE-CLUB
300, rue ARRAN
SAINT-LAMBERT (QUÉBEC)
J4R 1K5

Nous te remercions beaucoup pour tes réponses; elles vont nous être d'une grande utilité.

1. Quel est le numéro de volume de ce livre ? (Regarde sur la page couverture).

2. Comment as-tu obtenu ce livre ? (Lis d'abord toutes les réponses puis choisis celle qui convient et écris la lettre correspondante sur ta feuille.)
   2A. En cadeau.
   2B. D'une librairie.
   2C. D'un autre magasin.
   2D. D'une bibliothèque scolaire.
   2E. D'une bibliothèque publique.
   2F. Je l'ai emprunté d'un(e) ami(e).
   2G. D'une autre façon (comment ?).

3. Si tu as choisi ce livre toi-même, pourquoi l'as-tu choisi ? (Lis attentivement toutes les réponses, puis choisis celle que tu préfères et écris-la sur ta feuille).
   3A. J'aime les histoires à suspense.
   3B. La couverture était attrayante.
   3C. Le titre a attiré mon attention.
   3D. J'aime résoudre des énigmes.
   3E. Un(e) bibliothécaire m'a suggéré de le lire.
   3F. Un professeur me l'a recommandé.
   3G. Un(e) de mes ami(e)s l'avait aimé.
   3H. Les indices illustrés avaient l'air intéressants.
   3I. Oeil-de-lynx et Annie m'ont paru sympathiques.
   3J. Autre raison (laquelle ?).

4. As-tu aimé le livre ? (Écris le numéro de ton choix sur ta feuille).
   4A. Beaucoup aimé.   4B. Aimé.   4C. Incertain(e).   4D. Pas aimé.

5. As-tu aimé les indices illustrés ? (Écris le numéro de ton choix sur ta feuille).
   5A. Beaucoup aimé.   5B. Aimé.   5C. Incertain(e).   5D. Pas aimé.

6. Quelle histoire as-tu préférée ? Pourquoi ?

7. Quelle histoire as-tu le moins aimée ? Pourquoi ?

8. Si on t'invitait à modifier ce livre, quels changements suggérerais-tu ?

9. Aimerais-tu lire d'autres histoires avec Oeil-de-lynx et Annie ?

10. Aimerais-tu lire des histoires avec Oeil-de-lynx seulement ?

11. Aimerais-tu lire des histoires avec Annie seulement ?

12. Que préférerais-tu ? (Lis attentivement toutes les réponses, puis choisis celle qui correspond à ton choix et écris la lettre appropriée sur ta feuille).
    12A. Une longue histoire avec de nombreux indices illustrés.
    12B. Une longue histoire avec un seul indice illustré à la fin.
    12C. Une longue histoire sans indice illustré.
    12D. Un nécessaire de détective avec de vrais indices.
    12E. Un jeu vidéo de détective.
    12F. Un dessin animé de détective.
    12G. Une bande dessinée de détective.

13. Quel est ton personnage préféré dans le livre ? Pourquoi ?

14. Les énigmes sont-elles faciles ou difficiles à résoudre ? (Écris le numéro de ton choix sur ta feuille).
    14A. Trop faciles.   14B. Juste bien.   14C. Trop difficiles.

15. Le livre est-il facile ou difficile à lire et à comprendre ? (Écris le numéro de ton choix sur ta feuille).
    15A. Trop facile.   14C. Juste bien.   14C. Trop difficile.

16. As-tu déjà lu d'autres livres de la collection Détective-Club ? Combien ? Quels en sont les titres ?

17. Quel autre genre de livre aimes-tu ? (Tu peux citer des ouvrages qui ne sont pas des récits à suspense).

18. Quel âge as-tu ?

19. Es-tu un garçon ou une fille ?

20. Aimerais-tu qu'il existe un vrai Détective-Club ?

21. Quelle genre d'insigne du club proposerais-tu ? (Choisis ton préféré et écris le numéro correspondant sur ta feuille).
    21A. Carte de membre.   21D. Macaron.
    21B. T-shirt.   21E. Bloc à dessins.
    21C. Affiche.   21F. Signet.

22. Achèterais-tu un autre volume de cette collection d'énigmes ?

Collection DÉTECTIVE-CLUB

Le cousin perdu et retrouvé

Un inconnu se présente chez les Colin, un soi-disant cousin arrivant tout droit de l'Alaska. Mais Oeil-de-lynx décèle une incongruité dans son histoire. COMMENT OEIL-DE-LYNX PARVIENT-IL À DÉTERMINER SI L'INCONNU EST UN VRAI COUSIN OU UN IMPOSTEUR ?

L'affaire des chocolats volés

Une employée de la pharmacie Tousignant rapporte un vol : un bandit masqué vient de piquer une petite fortune en chocolats de fantaisie. Trois suspects sont interrogés. COMMENT OEIL-DE-LYNX A-T-IL PU METTRE LE DOIGT SUR CELUI QUI MENT ?

Jeux vidéo en contrebande

On vient de voler le tout nouveau jeu vidéo mis au point par le club d'informatique. Oeil-de-lynx croque sur le vif six suspects possibles. COMMENT OEIL-DE-LYNX IDENTIFIE-T-IL LES CONTREBANDIERS ET OÙ EST CACHÉE LA DISQUETTE D'ORDINA-TEUR ?

Des romans d'un nouveau genre, pleins de rebondissements et d'imprévu, où le lecteur participe au dénouement de l'intrigue.
En vente chez votre libraire ou directement chez l'éditeur.

--------------------------------BON DE COMMANDE---------------------->✀---------

Les éditions Héritage Inc.
300, Arran
Saint-Lambert, Québec J4R 1K5
(514) 672-6710

Collection DÉTECTIVE-CLUB
☐ Le cousin perdu et retrouvé — prix 4,95 $
☐ L'affaire des chocolats volés — prix 4,95 $
☐ Jeux vidéo en contrebande — prix 4,95 $

Nom: _____

Adresse: _____

Ville: _____ Prov.:_____ Code postal:_____

Ci-joint chèque ou mandat-poste au montant de $_____